Arnold Fischer

Wie das Leben so schreibt und sieht

Mit offenen Augen durchs Leben

www.arnis-werke.ch

© 2019   **Arnold Fischer**
Umschlag, Illustration: **Arnold Fischer**
Bilder   :   **Arnold Fischer**

Verlag & Druck: tredition GmbH, Hamburg
              Halenreie 40-44, 22359 Hamburg

ISBN
Paperback   978-3-7497-3623-2
Hardcover   978-3-7497-3624-9
e-Book   978-3-7497-3625-6

Inhaltsverzeichnis

Vorwort

Seit rund 4 Jahren schreibe ich in der Siedlungszeitung „Spatz" in Rheinfelden/Schweiz meine Kolumne. „Wie das Leben so schreibt" schildert Erlebnisse und Beobachtungen aus dem Alltag auf witzige Art. Die Geschichten erfreuen sich grosser Beliebtheit. Dies liess den Wunsch in mir aufkommen, auch einer breiteren Öffentlichkeit ein Schmunzeln ins Gesicht zu zaubern.

Das zweite Standbein meines Wirkens ist die Fotografie. Mit guter Beobachtungsgabe ausgestattet, entstanden interessante und teils überraschende Bilder. Die Kombination der Alltagsgeschichten mit interessanten Fotos soll ein besonderes Spannungsfeld erzeugen.

Wenn Ihnen, liebe Leser, das Buch ein Lächeln entlocken kann, dann ist mein Ziel vollumfänglich erreicht.

Arnold Fischer

Zug um Zug

Der Zug ist etwa zur Hälfte gefüllt, ich finde also problemlos einen Platz. Natürlich sitze ich allein im Viererabteil. Das wollen und tun übrigens die Meisten.
Schräg gegenüber sitzt eine junge Frau. Aufreizend meldet sich ihr Handy. Oder ist es ein Smartphone?

"Hallo", meldet sie sich (Pech gehabt, ich hätte zu gern gewusst, welcher Name zu der attraktiven Dame gehört). "Wo bist Du? "(in den Hosen natürlich - gehts mir so durch den Kopf). "Ich auch", höre ich weiter, "im vorderen Wagen. O.k. bis nachher."

Bereits zum dritten mal hat's etwas weiter hinten im Wagen nervig gezwitschert. Scheint die Ankunft eines SMS anzukündigen. Einige Mitreisende schauen vorwurfsvoll zum mutmasslichen Empfänger (dann lies das Ding doch endlich!). Irgendwo, ganz gedämpft, dudelts schon wieder. Alle sehen diskret aus dem Fenster, niemand scheint sich für zuständig zu halten. So klingelts halt weiter und alle geniessen den Blick auf die Gegend, die allerdings gerade aus einer Lärmschutzwand besteht.

Leise Klickgeräusche beweisen, dass wohl gerade eine Antwort aufs SMS in Arbeit ist (man könnte die Tastaturgeräusche übrigens auch ausschalten). Ich beobachte verschiedene Leute diskret ihre Taschen kontrollieren. Leider sehe ich nicht, wer den Anruf von vorhin nicht entgegennahm, weil einige Leute aufstehen. Der Zug fährt in den Bahnhof ein. Schichtwechsel sozusagen. Auch die attraktive Dame von nebenan ist weg. Mit Genugtuung stelle ich fest, dass sich gleichwertiger Ersatz eingefunden hat. Und sie stürzt sich gleich auf ihr Telefon. Einige Wischer und

Tipper später schreit sie beinahe ins Mikrophon. "Wo bist du jetzt"....Pause...."ich hab dir doch gesagt, ich komm nach vorne und du bist nach hinten gegangen".

Sehen sie, solche Dramen spielen sich ab, wenn man unkonzentriert ist wegen dieser "smarten phones"!!

"Nächster Halt Basel", tönt es aus dem Lautsprecher. Verflucht, ich wollte doch in Pratteln aussteigen.

Made in China

Wir rutschen so langsam gegen Weihnachten. Zeit also, sich eine kleine Erkältung zu gönnen. Ich bekämpfe das jeweils mit Inhalieren. Weil aber mein Gerät den Geist aufgegeben hat, brauche ich ein neues. Ich mach mich auf die Suche und entscheide mich für ein Markenprodukt (man gönnt sich ja sonst nichts). Voller Vorfreude packe ich meine neue Errungenschaft aus. Auf der Etikette schreit es mir förmlich entgegen – MADE IN CHINA!

Die Geschenke sind eingekauft, ich hab es endlich geschafft. Weil ich für das Einpacken ein bisschen ungeschickt bin (die Untertreibung des Jahres!) kaufe ich schöne Schachteln (30 x 15 cm.). Die Dinger kosten doch tatsächlich fast 10 Stutz! Dafür ist im Inneren auch noch eine Preisetikette angebracht, die sich nur entfernen lässt, wenn man die Schachtel beschädigt. Auf der Etikette steht also der Preis – und MADE IN CHINA!

Ich weiss nicht wie, aber ich stehe plötzlich in einem Gebärsaal (ich weiss, eigentlich sagt man Kreissaal). Die Frau, die dort liegt kommt mir irgendwie bekannt vor. Doch bevor ich weiter überlegen kann, erschrecke ich von einem lauten Geschrei. Die Hebamme bemerkt meinen Schrecken, lächelt und meint: „wenn es schreit, ist alles in Ordnung". Ich schau mir den neuen Erdenbürger genauer an. Ob Mädchen oder Knabe sehe ich nicht, weil mir nur die Rückseite präsentiert wird. Doch was ist das. Auf dem Fudi steht gross geschrieben MADE IN CHINA!

Schweissgebadet wache ich auf. Zum Glück war es nur ein schlechter Traum! Allerdings nur das mit dem Baby.

Aus einer Holzdecke lacht uns ein Gesicht an

Typen

Tolles Wetter heute. Ich entschliesse mich spontan für einen Ausflug mit dem Zug. Da gibt's immer viel zu entdecken. Und das sowohl draussen wie drinnen. Die Landschaft fliegt an mir vorbei und ich hänge so meinen Gedanken nach. Und schon hält der Zug auch wieder. Auf dem Perron warten nur wenige Leute. Darunter eine junge Frau. Nicht sehr gross, vielleicht 160 cm. aber beinahe auch so breit. Sie setzt sich schräg gegenüber hin. Mein Blick wandert automatisch zu ihr. Wenn sie wüsste, wie das aussieht! Sie trägt ein Shirt und dazu Leggins. Beides mindestens 2 Nummern zu klein. Schade, sie macht ansonsten einen gepflegten Eindruck aber es sieht halt aus wie eine vakuumverpackte Hauswurst aus der Dorfmetzgerei. An der nächsten Station setzt sich an gleicher Stelle ein junger, smarter Herr hin. Irgendwie fällt mir dazu ein gut verdienender Banker oder Politiker ein. Das wichtigste Talent eines Politikers ist übrigens, 20 Minuten zu sprechen, ohne etwas zu sagen. Schon bevor er richtig sitzt, hat er bereits seinen Computer in Betrieb, gräbt nervös nach seinem Natel. Dass ihm dieses aus der Hand rutscht und auf den Boden knallt, ist eigentlich logisch. Er fängt an, auf seinen beiden Geräten abwechselnd zu tippen. Ich betrachte seine Erscheinung etwas genauer. Weisses Hemd, dezente Kravatte und ein Anzug der ganz feinen Sorte. Das längere Haar ist fein frisiert oder besser gesagt geklebt. Kein Sturm könnte seiner Haartracht etwas anhaben. Mit der Pomade auf seinem Kopf könnte locker ein mittelgrosser Schiffsmotor geschmiert werden.

Aus diesen Gedanken werde ich herausgerissen. Ich muss umsteigen.

In der S-Bahn ist genug Platz. Kaum ist der Zug angefahren, kommen einige Leute aus dem vorderen Teil nach hinten. Ich wundere mich, sehe ich doch auch vorne genug Platz. Dann entdecke ich den Grund dafür. Weiter vorn sitzt ein Mann mittleren Alters. Fluchend sucht er nach etwas in den zahlreichen Taschen seines Mantels. Seine Kleider sind eigentlich eher Lumpen, die zudem schon sehr lange keine Waschmaschine mehr gesehen haben (zumindest nicht von innen). Scheinbar hat er nun gefunden, wonach er suchte. Mit einem zufriedenen Rülpser zieht er eine Bierdose heraus und öffnet sie, nicht ohne Schwierigkeiten. Während ich sein mittellanges Haar betrachte (kennt Wasser auch nur vom Hörensagen) rümpfen einige Sitznachbarn die Nase. Und tatsächlich, die Ausläufer seiner Duftwolke erreichen auch unseren Bereich. Mit allgemeiner Erleichterung nehmen alle zur Kenntnis, dass der Mann gerade aussteigt. Welches Schicksal sich wohl hinter der Person verbirgt?

Auch ich bin nun am Ziel angelangt und meine Gedanken kreisen um alle, die mir heute begegnet sind. In Erinnerung bleiben einem nur die aussergewöhnlichen „Typen". So gesehen bin ich wohl kaum jemandem aufgefallen.

Ist das der Geist des Verzasca-Tals, der uns mit grimmigem Gesicht beobachtet?

Ausgelagert

Backen Sie auch? Also ich hab's mit Wähen. In meinem Tiefkühler ist ein Fach mit Früchten, vor allem Kirschen. Ich liebe Kirschen. Natürlich sind diese portionenweise abgepackt. Buchhalter Nötzli lässt grüssen. Sparen, rationalisieren und auslagern ist ja im Trend. Versteht sich von selbst, dass auch ich darauf achte. Auslagern geht nicht. Ich kann ja meine Wähe nicht in Rumänien backen lassen. Sparen und rationalisieren hingegen geht. Ich mache gleich 2 Wähen gleichzeitig. Ist sehr rationell in Bezug auf die Arbeit und spart Strom beim Backen.

Habe also Gestern ein Pack Kirschen (für 1 Wähe) aus dem Tiefkühler geholt. Und in der Küche gibt es noch einige Aprikosen (Italien) und im Notfall wäre noch ein Apfel vorhanden. Für meine Wähen gibt's für mich immer Blätterteig (rund in der Backschale, das ist rationell). Kaufe also zweimal Teig und mache mich in der Küche an die Arbeit. Mit der Küchenschürze umgebunden bin ich eine Augenweide! Den Kuchenguss mache ich immer selber. Eier, Rahm, Milch, Zucker und Zimt (gerührt und nicht geschüttelt). Ich lege also alles bereit und ab die Post. Bevor der Mixer zum Einsatz kommt, noch den Zimt in die Mischung. Hoppla, das war etwas viel! Und der Zimt sieht irgendwie komisch aus. Ein Blick auf die Dose gibt die Antwort. Fleischwürze scharf steht da schwarz auf gelb (scharf ist rot geschrieben). Nun bin ich ja experimentierfreudig und probiere gerne etwas Neues aus. Vielleicht wäre das ja eine epochale Erfindung. Ich lass es dann doch lieber, schütte die Masse mit Tränen in den Augen weg und dann zurück auf Start.

Teig gut einstechen, ordentlich gemahlene Haselnüsse auf

den Teig und mit den Früchten belegen. Die Kirschen sind schnell verteilt und die Aprikosen im Prinzip rasch entsteint und geviertelt. Als ich sie kaufte waren sie steinhart. Nun haben sie die richtige Konsistenz (im Prinzip). Ich bringe die Dinger fast nicht vom Stein!! Bist ja selber schuld, denke ich für mich. Man muss halt warten können bis die Walliser Aprikosen auf den Markt kommen. Und wenn ich an den Weg denke, den diese Früchte hinter sich haben, hätte ich die Produktion wirklich auch nach Rumänien auslagern können.

Dieser Kaffee ist mit viel Liebe gemacht. Er kam genau so aus der Maschine

Walross

Tolles Wetter und warm ist es heute (wenn Sie diese Zeilen lesen, hat sich das sicher inzwischen geändert). Ich bin im Tessin und geniesse die Tage. Es ist Sonntag und es zieht mich zum Frühstück. Im Selbstbedienungsrestaurant ist, wie jeden Tag, ein reichhaltiges Buffet zur freien Verfügung aufgebaut. Lade also mein Tablett voll mit dem, was das Herz heute begehrt und platziere mich im oberen Stockwerk an einen Tisch. Kurze Zeit später erscheint im Tempo des Gehetzten ein jüngerer Mann und setzt sich zwei Tische weiter. Er gehört offensichtlich zu jenen Leuten, welche mehrere Dinge gleichzeitig tun können. Mit der einen Hand bedient er sein Smartes Phone, derweil die andere Hand mit der Gabel den Teller malträtiert. Kaum ist das erste Stück Salami dem Kaumechanismus zugeführt raspelt er schon ein Stück Käse hinterher. In schwindelerregendem Tempo vernichtet er alles, was auf dem Teller ist, nicht ohne dazwischen mit seiner Gabel den Tisch anstelle des Tellers zu treffen. Als ich gerade so richtig beginne, steht er bereits auf und verschwindet. Ob er wohl weiss, was er gerade gegessen hat?

In Locarno findet an diesem Tag die Schweizer Meisterschaft im Triathlon statt. Für Sportmuffel: das bedeutet Schwimmen, Radfahren und zum Schluss Laufen. Zuerst sind die Kinder an der Reihe. Sie müssen zuerst das Schwimmbecken quer hin und zurück schwimmen, zur Wechselzone rennen, dort Helm und Velo schnappen und eine Runde im Park drehen. Zurück in der Wechselzone geht's dann noch eine Runde durchs Schwimmbadgelände ins Ziel. Ein Mädchen konnte offensichtlich nicht schwimmen und lief die Strecke im Wasser. Eifer und Ehrgeiz waren bei den Kleinen noch grösser als jener der schreienden und kreischenden Eltern.

In den Kategorien der Erwachsenen starteten Damen und Herren vom Anfänger bis zum Olympiateilnehmer. Während die Teilnehmer vom Schwimmen her kommend per Velo oder bereits beim Laufen an mir vorbeiziehen fallen mir die zahlreichen Helfer auf. Es ist gewaltig, was an einem solchen Anlass von ihnen geleistet wird. Mitten in diese Gedanken kündigt der Speaker einen Olympiateilnehmer an. Er ist bereits auf der Laufstrecke und mir kommt es vor als schwebe er vorbei und das nach 1,5 km Schwimmen und 70 km Radfahren!!

Und dann zittert der Boden. Ein Erdbeben? Nein, es ist ein Teilnehmer mittleren Alters. Er knallt seine Füsse bei jedem Schritt auf den Boden. Mir schmerzen schon beim Zusehen Rücken und Knie. Ich bin sehr sportbegeistert und habe grosse Hochachtung vor jeder sportlichen Leistung. Aber das finde ich wirklich schlimm. Sein Knie kann er bald einmal dem anatomischen Museum verkaufen. Als Bezeichnung dazu passt am besten: Walross Wedelschwänzchen.

Abendstimmung am Lago Maggiore in Ascona

Socken

ICH BIN STINKIG!!! Wie ungewaschene Socken nach 3 Wochen Tragen. Und genau um Socken geht es auch. Ich brauch Nachschub und suche verzweifelt die Läden ab. Natürlich hat fast jeder auch Socken. Aber immer nur in der Grösse 39-42. Schliesslich kaufe ich die Dinger und mache mich traumatisiert auf den Heimweg.

Am nächsten Morgen gibt's einen Ausflug ins Wallis. Ich möchte dort einige Tage in einem Hotel ausspannen, vorher mich aber orientieren. Am Bahnhof Basel ist viel los. Ich lese an der Anzeigetafel des Zuges, dass Gruppen in den Sektoren C+D reserviert sind. Also steige ich Sektor B ein. Höflich, wie ich es gelernt habe, frage ich die Dame im Abteil, ob hier noch frei sei. Die fehlende Antwort lässt mich genauer hinsehen. Ohren zugestöpselt, da hört man natürlich nichts. Kaum sitze ich, kommt eine Dame von der SBB mit Zetteln in der Hand und teilt uns mit, dass dieser Wagen reserviert ist. Im nächsten Wagen sind zum Glück noch einige Plätze frei. Aber nur, bis ein junger Herr mit Zetteln kommt und uns höflich bittet, diesen Wagen zu verlassen. Ich frage ihn, ob denn der nächste Wagen frei sei. Ja, ja der ist frei, tut er uns kund. Wir zügeln also zum zweiten mal. Die Tür zum nächsten Wagen geht auf. Er ist, welch Überraschung, bis auf den letzten Platz mit Schulklassen besetzt. Inzwischen bin ich im Sektor C angekommen und finde endlich meinen Platz.

Im Hotelkomplex angekommen, plagt mich der Hunger. Aus dem Internet weiss ich, dass hier 6 verschiedene Restaurants integriert sind. Ich setze mich und warte.... Beim 4. Vorbeiwetzen an meinem Tisch kommt auch eine Speisekarte auf den selbigen. Während ich auf mein Essen warte, versucht 2 Tische weiter ein älterer Herr verzweifelt einen Espresso zu bestellen, was ihm dann im dritten Anlauf auch gelingt. Selbstredend rauscht die junge Dame noch einige Male an meinem Tisch vorbei, bevor ich meinen Obolus entrichten darf. Ich bin überzeugt, dass das Servicepersonal in diesem Restaurant pro Kilometer bezahlt wird.

Beim Betreten der Reception komme ich mir wie ein Störfaktor vor. Schliesslich bemüht sich ein Herr mittleren Alters um mich. Ich möchte wissen, ob zum Zeitpunkt meines geplanten Aufenthaltes noch etwas frei wäre und was es kostet. Er bittet mich, französisch zu sprechen, weil er mich sonst nicht gut versteht (das Hotel hat 4 Sterne!!). Er malträtiert seinen Computer und gibt mir sozusagen den Tarif durch. Keine weiteren Infos, keine Hotelbroschüre, einfach nichts. Aber mein Entscheid ist bereits gefallen. Ich frage mich während der Rückfahrt, warum unsere Hotellerie laufend über rückläufige Zahlen klagt.

Zuhause angekommen hab ich Probleme mit den Füssen. Die Ursache ist schnell gefunden. Am Morgen hab ich die Socken angezogen. Ich hatte die Wahl. Die Ferse der Socke an der Wade oben oder die zwei Nummern (zu grosse) Socke im Schuh, wofür ich mich entschieden hatte. Im Schuh finden sich mehr Falten als bei der hundertjährigen Oma im Kaukasus. Und jede einzelne davon spüre ich am Fuss.

Tags darauf ist Waschtag. Eine Maschine voll Kochwäsche wird gewaschen. Meine Maschine ist nett und trocknet das ganze auch noch im selben Arbeitsgang. Immer noch mit der Wut im Bauch schmeisse ich die Socken von gestern dazu. Entweder Sie werden kleiner oder ganz klein. Dann könnte ich sie immer noch als Babyfinken verkaufen. Das Resultat, ob sie das glauben oder nicht. DIE SOCKEN PASSEN WIE ANGEGOSSEN!!

Das Innere der Kirche von Mogna (Tessin/Schweiz). Architekt ist der weltbekannte Tessiner Mario Botta

Malta

Eigentlich mache ich immer in der Schweiz Ferien. Vor genau 20 Jahren war ich mit meiner Frau auf Malta. Nun hat es mich interessiert, wie das heute so aussieht. Nach umfangreichen Nachforschungen habe ich mich für Halbpension entschieden. Vor allem, weil das Essen in Buffetform also mit Selbstbedienung erfolgt.

Beim ersten Frühstück stelle ich fest, wie schnell das benutzte Geschirr sofort weggeräumt wird. Das finde ich toll.

Nachdem ich noch ein Gipfeli geholt habe, marschiere ich zum Kaffeeautomaten. Bei der Rückkehr zu meinem Tisch fällt mir vor Schreck fast die Tasse aus der Hand. Da will die Dame vom Abräumkommando gerade mit meinem Gipfeli inkl. Konfitüre verschwinden. Mit einem kleinen Sprint habe ich die Sachen gerettet und damit auch noch für gute Stimmung an den Nachbartischen gesorgt.

Mit einer Buskarte für 7 Tage habe ich freie Fahrt auf der Insel. Natürlich gibt es an jeder Haltestelle auch einen Fahrplan. Einen pünktlichen Bus habe ich allerdings nicht erlebt. So zwischen 10 und 25 Minuten Verspätung ist die Regel. Heute möchte ich an eine Bucht. Dort soll es sehr schön sein. An der Haltestelle sehe ich, dass der Bus in 6 Minuten fährt. Aus Erfahrung (siehe oben) setze ich mich hin. In diesem Augenblick kommt mein Bus auch schon. Ich steige ein und schon fährt er los, 5 Minuten zu früh. An der nächsten Haltestelle steigen 3 einheimische Frauen ein. Sie setzen sich und alle bekreuzigen sich. Ich bin etwas verwundert, aber vielleicht kennen sie ja den Fahrer!!! So wie der fährt habe ich plötzlich jedes Verständnis.

Alle 2-3 km steht ein rotes, grosses Schild mit der Aufschrift "Speed kills" (Geschwindigkeit tötet). Und ich weiss plötzlich, warum!

Unser Rennfahrer testet an einem Kreisel unsere Fliehkräfte und als er den Kreisel verlässt, sind wir immer noch auf 4 Rädern. Sehr erstaunlich! Dafür verwirft unser Fahrer wie wild seine Hände und flucht in seinen nicht vorhandenen Bart. Auf einer Schnellstrasse gibt er noch mehr Gas, fährt mindestens 3 km bis ans Meer und auf der Gegenfahrbahn zurück zum Kreisel. Dort findet er die richtige Ausfahrt. Nun ist er nicht mehr zu früh, sondern 5 Minuten zu spät.

Am anderen Morgen sitze ich wieder an meinem Frühstückstisch. Das gestrige Gipfeli war fast wie Kaugummi. Ich hab aber die Lösung gefunden. Es stehen da Maschinen, welche ein Toastbrot mittels Förderband transportiert und herrlich knusprig toastet. Das kann die ja auch mit meinem Gipfeli. Von der Höhe passt es. Und los. Die Dinge nehmen ihren Lauf. Mein Gipfeli kommt zu nahe an die Heizstäbe und wird schwarz. Kurz bevor es auf einer Art Rutschbahn zum Ausgang rutscht, fängt das blöde Ding auch noch an zu brennen. Es brauchte keine Feuerwehr und das Hotel steht noch. Und ich hab dann jeweils Toastbrot zum Frühstück genossen - natürlich aus der Maschine!

Etwas ganz Besonderes aus Lissabon
Links ist eine normale Treppe und rechts die Hauswand
Das ganze ist so gemalt, dass man aus einem bestimmten Blickwinkel
heraus die Katze (Treppenteil) und die fütternde Person (Hauswand) sieht

Überall Punkte

Haben Sie es auch schon gesehen? Es gibt scheinbar eine neue Art der Abfall-Entsorgung. Immer wieder steht irgendwo an einer Ecke ein Fernsehtisch, ein alter Bürostuhl oder eine Polstergruppe. Daran befestigt ein grosser Zettel mit der Aufschrift „GRATIS". Dinge wegzugeben, die jemand noch brauchen kann, ist ja eigentlich sinnvoll. Vielleicht wäre die Sache einen Versuch wert, z.B. mit der Schwiegermutter! Aber irgendwann sollte sollten die „Anbieter" die Sachen dann selbst korrekt entsorgen (natürlich nicht die Schwiegermutter).

Bin wieder einmal auf dem Weg auf die andere Seite des Gotthard. In Olten setzt sich eine Frau im Abteil nebenan. Kurz darauf kommt noch ein Mann dazu. Beide sind in ihr smartes Phone vertieft, tippen, streichen, lächeln zwischendurch oder machen ein ernstes Gesicht. Wir kommen nach Luzern, später halten wir in Arth Goldau und bewegen uns Richtung Gotthard-Tunnel. Der ist ja mittlerweile zum grossen Stolz unseres Landes aufgestiegen. Mit 57 km der längste Eisenbahntunnel der Welt. Und 20 Minuten nur noch Loch. Früher konnten sich die Passagiere bei Wassen wenigstens noch über die stehende Kolonne vor dem Autotunnel freuen. Schadenfreude ist ja bekanntlich die schönste Freude. Dafür sind wir nun viel schneller im Süden. Diese Gedanken lassen die dunkle Zeit wie im Flug vergehen. Andere vertreiben sich die Zeit mit moderner Technik (siehe oben). Dann wird's wieder hell und die Sonne lacht vom stahlblauen Himmel. Hat sich doch wieder mal gelohnt. Vorausgesetzt man sieht es überhaupt. Mittlerweile sind seit Olten rund 2 Stunden vergangen. Plötzlich ein Lebenszeichen der Dame im Nebenabteil. „Gehen wir heute Abend auswärts

Essen?" sagt Sie plötzlich. Leicht genervt, weil immer noch beschäftigt, murmelt der Herr gegenüber etwas in den nicht vorhandenen Bart. Ich bin erleichtert, weil ich nach über 2 Stunden endlich merke, dass die Beiden zusammengehören.

Punkte gab es ja schon früher. Beispielsweise den roten Punkt im Ausverkauf, den sie uns geklaut haben (den Ausverkauf). Heute gibt's nur noch SALE, SUPERSALE, MEGASALE an jeder Ecke und das ganze Jahr. Doch zurück zu den Punkten. Angefangen hat alles mit den Rabattmärkli. Nur die älteren unter uns kennen das noch. Für den Betrag des Einkaufs gab's damals Marken, welche man in ein Heft klebte. War das Heftchen voll, bekam man z.B. 10 Franken. Wir Kinder durften die 10 Rappen-Marken einkleben, aber genau ins Feld. Ansonsten hat uns Mutter eine auf die Backe geklebt (keine Rabattmarke!). Nach und nach verschwanden die Büchlein mit den Rabattmarken.

Alle sind nun auf den „Punkt" gekommen. Da gibt's Super-, Cumulus-, Treue-, Rabatt -Punkte.

Neuerdings sind auch Manor und der Kaffeerahm gepunktet. Und auf der Packung von meinem Lieblingskaffee kann man punkten und damit gratis eine Tasse oder etwas anderes bestellen.

An dieser Stelle muss ich jetzt aufhören. VOR MEINEN AUGEN FLIMMERN NUR NOCH PUNKTE!!!

Bis zu...

Das Wetter ist schön und das bedeutet, dass bei mir ein Ausflug angesagt ist. So fahre ich denn nach Rapperswil, mache dort einen kurzen Verpflegungsstopp und warte auf das Schiff nach Zürich. Als GA-Besitzer benötige ich kein Billet, setze mich also gemütlich hin. Kurze Zeit später kommt der Kontrolleur. Nach einem wohlwollenden Blick auf mein GA fragt er nach dem Zuschlag. Ich versteh nur Bahnhof – und das auf einem Schiff. Seit diesem Jahr muss jeder Passagier auf dem Zürichsee fünf Franken Zuschlag bezahlen, erklärt er mir. Leicht frustriert begebe ich mich zur Kasse und löse den Zuschlag. Der Kanton will mit dieser Massnahme SPAREN!! Monate später erfahre ich, dass der Kanton tatsächlich gespart hat, nämlich 1/3 Passagiere weniger waren auf dem Zürichsee. Die Sparmassnahme wäre doch viel einfacher gewesen. Die Erfinder dieses Zuschlags hätte man getrost einsparen können.

Nach einer ruhigen und gemütlich Fahrt mit Schiff und Tram bin ich am Bahnhof angekommen. Welch ein Kontrast-programm! Hektik pur, jeder hetzt durch die Halle zum Gleis. Im Zug angekommen kehrt wieder etwas Ruhe ein. Es wird mir bewusst, dass die Leute einfach keine Zeit mehr haben. Wie oft hört man bei Begegnungen „ich hab leider keine Zeit". Aber was heisst das eigentlich. Jeder hat doch genau gleich viel Zeit – nämlich 24 Stunden pro Tag. Es scheint also doch eher die Frage zu sein, wo ich meine Prioritäten setze.

Bin wieder mal auf dem Weg in den Süden. Dann ist immer ein Sandwich im Zug angesagt. Frisch zubereitet und am Bahnhof gekauft. Ist ja nicht mein Lieblingsessen. Die Dinger sind gross, unhandlich und man muss höllisch aufpassen beim Essen. Und als hätte ich es geahnt. Kurz vor Halbzeit des Sandwich quietscht die Sauce heraus, an der nicht optimal platzierten Serviette vorbei auf die frisch angezogene Hose!! Ob ich es nächstes Mal mit einer Bretzel probiere?

Dem schlechten Wetter bin ich nach Passieren unseres Rekordtunnels entflohen. Etwas aber ich gleich geblieben. Überall prangen Plakate. BIS ZU 70% Rabatt. Bis zu .... Bis zu .... usw. Wenn man uns bis zu 70% anbietet, kann das ja auch nur 6% oder 15% bedeuten. Vielleicht gibt's ja wirklich ein Ladenhüter mit 70% Rabatt. Meine Beobachtungen weisen jedenfalls in diese Richtung. Aber 70% sticht halt schon ins Auge und lockt die Kunden in den Laden. Einmal da, spielt die Zahl keine grosse Rolle mehr. HAUPTSACHE RABATT!!

Dies ist ja bekanntlich die letzte Ausgabe für dieses Jahr. Deshalb wünsche ich Euch allen frohe Festtage und ein gesundes und glückliches neues Jahr – UND DAS BIS ZU 100%!!

Dieses Bild symbolisiert unseren Weg in die Zukunft

Kein Fahrplan unter dieser Nummer

Ich koche! Nein, nicht auf dem Herd mit Pfanne. Ich koche vor Wut. Spaghetti Bolognaise ist oder wäre heute mein Menu. Wie ich das mal im Kochkurs für Männer über 60 gelernt habe, wird alles vorbereitet. „Mise en place" heisst das in der Fachsprache. Zuerst wäge ich die Spaghetti ab. Kaum habe ich die Packung offen, verabschieden sich einige der dünnen Teigstangen Richtung Boden. Als nächstes muss die Packung mit dem Hackfleisch geöffnet werden. Da gibt es eine Lasche zum Aufmachen. Ich ziehe und ziehe und... halte die abgerissene Lasche in der Hand. Ich koche (siehe oben)!!! Mit leichter Verspätung kann ich mein Mittagessen trotzdem geniessen.

Fahrplanwechsel sind immer spannend. Zwar ändert sich meist nicht sehr viel. Trotzdem besorge ich mir jeweils einen Fahrplan, um alles genau im Griff zu haben (Buchhalter Nötzli lässt grüssen). Doch jedes mal, wenn ich den Bus nehme, ist im entsprechenden Fach gähnende Leere. Dass die SBB ihren dicken Schmöcker, genannt Kursbuch, nicht mehr drucken, habe ich mittlerweile gelesen. Eine Nachfrage beim Buschauffeur bestätigt meinen Verdacht.

AUS SPARGRÜNDEN GIBT ES KEINE GEDRUCKTEN FAHRPLÄNE MEHR!! Schliesslich können wir ja die Informationen aus Internet und Handy abrufen. Viele ältere Menschen können das jedoch nicht!!!!! Aber deswegen kann man doch seine Sparziele nicht in Frage stellen. Dabei gäbe es ein viel grösseres Spar-Potenzial. Auf die Leute, mit solch tollen Ideen, könnten wir getrost verzichten. Früher haben wir die „Sesselfurzer" genannt.

Ausflug

Fleissige Leser dieser Kolumne wissen es. Ich mache gerne und öfters Ausflüge in die ganze Schweiz. Besonders liebe ich Seen. Bei einer Schifffahrt kann ich mich entspannen wenn der Kahn ruhig über Wasser gleitet. Die Aussicht ist meist auch toll.

Auf einer solchen Reise erlebt man immer was und begegnet allerlei interessanten Leuten. Heute also ist ein solcher Ausflug an bzw. auf den Bielersee angesagt. Eine erste Begegnung dann schon am Augarten-Bahnhof. Aus der Distanz beobachte ich eine junge Person die ebenfalls auf den Zug möchte.

Lange Haare sind ja heute kein sicheres Indiz für eine weibliche Person. Schuhe und Jeans deuten eher auf einen Mann. Die Aufmachung als ganzes lässt mich spontan an die „heutige Jugend" denken. Sofern es so etwas wirklich geben sollt. Auf dem Kopf ein Cap (früher Dächlikappe genannt). In der einen Hand den Energy-Drink, in der anderen eine Zigarette. Mit den überdimensionalen Kopfhörern kommen mir automatisch Marsmännchen in den Sinn. Weiter komme ich mit meinen Gedanken nicht, weil der Zug einfährt. Beim Aussteigen in Basel kann ich dann die offene Frage auch noch klären. Es ist eine junge Frau.

In Neuenburg steige ich dann auf das Schiff und finde gerade noch einen freien
Tisch für das Mittagessen. Eine grosse Gruppe französisch sprechender Seniorinnen und Senioren belegen fast den ganzen Speisesaal und haben sichtbar und hörbar Spass. Ich finde das einfach nur toll. Nun ist es ja ein ungeschriebenes Gesetz, dass in solchen Gruppen immer jemand besonders auffällt. Als einige Zeit später zwei Damen an mir vorbei

Richtung Toilette steuern, werde ich fündig.

Für die „Aussenbord-Rüebliraffel" (stark vorstehende Zähne) kann sie vermutlich nichts. Leider kommt einem da automatisch das Bild eines Hasen in den Kopf. Schlimm sind aber die glänzenden Discohosen, sehr eng anliegend. Sozusagen vakuumverpackt. Die Figur einer über 60 Jährigen ist sicher nicht dafür geeignet. Dazu geschminkt wie ein Ölgemälde.

Auch solche Begegnungen gehören dazu und sind immerhin interessant. Im Übrigen ein hervorragendes Essen mit ausgezeichnetem Service. Und alles bei tollem Wetter. WAS WILL MAN MEHR!

In Brissago (Tessin/Schweiz) steht dieser Brunnen mit einem Bild als Boden. Sehr interessante Variante.

Heuschrecken

Jeder hat schon mal von einer Heuschreckenplage gehört. Wenn Legionen der Tierchen antanzen wird es dunkel. ICH HAB DAS ERLEBT. Allerdings waren das keine Heuschrecken sondern Touristen. Ich frage mich noch jetzt, was wohl schlimmer ist. Die Massen bewegen sich wie eine Walze durch die Stadt. Nervös hetzen sie vom Souvenierladen zur nächsten Sehenswürdigkeit. Dazwischen schnell ein Foto, meist ein Selfie. Schliesslich muss man daheim etwas vorzuweisen haben. Übrigens bin ich gerade in Lissabon. Der Ort allerdings ist austauschbar.

Nach dem Einchecken im Hotel, mitten im Zentrum, drehe ich noch eine Runde in der näheren Umgebung. Viel Verkehr flitzt von jeder Seite über den grossen Platz. Und mir scheint, dass hier jedes Vehikel mindestens über 2 Hupen verfügt. Am Fussgängerstreifen mit Rotlicht warte ich geduldig. Inzwischen schau ich mich etwas um. Als mein Blick wieder den Ausgangspunkt erreicht, stehe ich alleine da. Da, wo vorher noch Dutzende von Leuten standen, ist niemand mehr ausser mir. Ich sehe gerade noch die Nachzügler, welche unter wütendem Hupkonzert der nahenden Autos die andere Strassenseite erreichen. Derweil hetzen die nächsten paar Fussgänger an mir vorbei über die Strasse, immer noch bei Rotlicht versteht sich. Als es endlich grün wird, setze auch ich mich in Bewegung und werde auf der anderen Seite wie ein Marsmännchen bestaunt.

Langsam hab ich Hunger. Es gibt hier eine Fussgängerzone! Das Hupkonzert ist weg. Der Heuschreckenschwarm bleibt. Ein Lokal reiht sich an das nächste. Fleissige Damen und Herren versuchen den Strom der Touristen in ihr jeweiliges Restaurant umzuleiten. Schliesslich lande ich bei einem

Italiener. Noch sitzen nur wenige Leute an den Tischen, es ist früh für das Abendessen. Wenige Minuten später ist der Laden voll. Hab ich mindestens gedacht. Das Personal erscheint mit Klapptischen und Stühlen und vergrössert die Kapazität auf Kosten der Strassenbreite.

Es ist faszinierend, den Strom der Touristen zu beobachten. Da gibt es viel zu sehen. Woher die wohl stammen? Ein Klappern erregt meine Aufmerksamkeit. Ich entdecke die Quelle. Ein Herr älteren Datums kommt zügigen Schrittes mit seinen Badeschlappen angeschlurpt. Nun muss man wissen, es ist immer noch ganz schön heiss. Mein Blick schweift beim Schlappenträger nach oben. Kurze Hosen (bei seinen Beinen sehr gewagt), ein luftiges Shirt. Und dann wird mir wirklich heiss. Um den Hals einen dicken Wollschal, der jeder Nordpol-Expedition zur Ehre gereicht hätte. WAS FÜR EIN ANBLICK!!

Am nächsten Tag brauchte ich Erholung. Ein Besuch im Botanischen Garten versprach genau das. Wenig Leute, ruhige, fast einsame Ecken. DAS MACHT EINEN JA GANZ NERVÖS!

Diesen Kopf einer Schildkröte oder Schlange, habe ich im Botanischen Garten von Lissabon an einem Kaktus entdeckt

Frust!!

Nach meinem Frust von gestern Abend mache ich mich ans Frühstück. Ort des Geschehens ist Ascona, wo ich einige Tage verbringe. Zurück zum Frust. Es ist Fussball-Zeit und die Spiele in den europäischen Wettbewerben werden ausgetragen. Pustekuchen... jedenfalls ohne mich bzw. das öffentliche Fernsehen. Wenn Du das sehen willst, dann löse gefälligst ein Abonnement beim Pay-TV (auf Deutsch Bezahlfernsehen). Wer nichts mit Sport anfangen kann, möchte vielleicht gerne einen interessanten Film geniessen. Pustekuchen... (siehe oben). Wofür ist denn nun unser gewohntes Fernsehen gut. Ich stöbere in den Programmen herum und finde.... die 36. Wiederholung des Beizentests, zum 7. mal die Kuppelshow und vieles mehr was so in der Konservendose des Senders zu finden war.
Nach diesen Gedanken widme ich meine Aufmerksamkeit wieder dem Frühstück. Die Kaffeekapsel ist ausgepresst und beschert mir eine duftende Tasse des braunen Gebräus. Nun noch die Rahmportion hinein und geniessen. Vor dem Geniessen kommt der Fleck auf der Hose. Die blöden Rähmli haben die unangenehme Angewohnheit, beim Öffnen einige Spritzer ihres Inhaltes zu verteilen (natürlich auf die Hose). Ich lasse mir aber die Laune nicht noch mehr verderben. Vergrössere lieber zum Ausgleich die Portion Konfitüre (ich liebe Himbeer) auf dem Brot. Ruhe und Frieden kehrt ein.
Das Geschirr ist schnell gemacht. Es geht ins Bad. Zuerst ist Zähneputzen angesagt. An sich kein Problem, ausser heute. Gleich 2 Kerne der fantastischen Himbeerkonfitüre haben sich zwischen meine Zähne verirrt und wollen nicht mehr weichen. Ich versuche es mit den Fingernägeln, ohne Erfolg. Die anschliessende Zungenakrobatik bringt auch keine Lösung.

Erst als ich endlich noch einige Zahnstocher in einer Schublade entdeckt hatte, naht wirkliche Hilfe. Zwar braucht es etliche Versuche, aber immerhin war ich dann „entkernt".
Keine guten Filme oder Sport ohne zusätzliche Kosten. Spritzende Kaffeerähmli, Himbeerkerne zwischen den Zähnen. DAS LEBEN IST HEUTE MANCHMAL NICHT EINFACH!!

Das Wasserspiel im Gegenlicht der untergehenden Sonne

Globalisierung

Die Festtage sind zwar schon längst vorbei. Trotzdem erinnern sich viele an die Schwierigkeit, die passenden Geschenke zu finden. Wir haben es mal kreativ versucht. In längerer Kleinarbeit ist ein persönlicher Kalender entstanden. Die Reaktionen haben bestätigt, dass wir richtig lagen.

Ein Exemplar musste per Post nach Laufenburg/Deutschland. Ist ja kein Problem in der heutigen, globalisierten Welt. Wir ziehen also bei der Post eine Nummer und warten. Ein netter Schaltermensch nimmt das Mass unseres Objekts und stellt dann fest, dass es nicht mehr als Brief geht. Die Portokosten würden 41.-- Franken betragen. Wir verzichten dankend, denn für diesen Betrag könnten wir den Kalender per Taxi abliefern.

Die Lösung ist einfach. Wir wandern über die Grenze auf die Deutsche Post. Weil wir nicht mit diesem Vorgehen gerechnet hatten, befinden sich keine Euros in unseren Taschen. Aber man kann ja schliesslich wechseln oder mit Fränkli bezahlen.

Die Dame am Schalter klärt uns auf. Bei der Post ist kein Umtausch möglich und unsere Franken können auch nicht angenommen werden. Aber gegenüber bei der Sparkasse könne man wechseln. Ich wandere also in die Sparkasse, zeige brav den geforderten Ausweis und wechsle in Euro. Zurück in der Post hat sich am besagten Schalter eine ansehnliche Schlange gebildet, weil die Dame unser begonnenes "Geschäft" nicht abbrechen kann.

Ob Sie's glauben oder nicht. Der Kalender ist am Bestimmungsort eingetroffen. Es lebe die Globalisierung!! Im kommenden Jahr vielleicht eine Flasche Wein oder Pralinen?

Derart traumatisiert komme ich in der Wohnung an. Im Kühlschrank findet sich Essbares und ein Salat. Der ist rasch geschnitten und gewaschen. Die Salatsauce mache ich, wie immer, selbst. Dafür habe ich einen Schüttelbecher. Eine tolle Sache. Alle Zutaten hinein, gut geschüttelt, probieren und fertig. Etwas Balsamico muss dann doch noch dazu. Also Becher auf, Balsamico rein und schütteln. Und dann – Küche putzen und Kleider wechseln. Der Becher war nicht richtig verschlossen und verteilte grosszügig seinen Inhalt in alle Himmelsrichtungen. Es gibt Tage, da sollte man im Bett bleiben!!

Alles Banane oder was?

Haben Sie es auch schon bemerkt? Die Erd-Anziehungskraft hat sich massiv verstärkt!

Ich bin, wie so oft, unterwegs. Der Zug nach Basel ist gut gefüllt und es ist sehr interessant die unterschiedlichen Leute zu beobachten. Die meisten haben Ihr Lieblingsspielzeug, auch Smartphone genannt, vor ihren Augen. Die Haltung leicht nach vorn gebeugt. Ein erstes Zeichen für die grösser gewordene Erd-Anziehungskraft? Mein Blick schweift durch die Reihen der Passagiere. Einige starren ins Leere. Wenige beugen sich über eine Zeitung oder ein Buch.

Der Grossteil lässt die Mundwinkel nach unten hängen. Das sieht ganz schön grimmig aus. Kein Lächeln, keine positive Ausstrahlung. Woran das wohl liegt? Leicht verwirrt erreiche ich mein Zuhause. Wie ich das gelernt habe, geht's in Bad zum Händewaschen. Automatisch schaue ich in den Spiegel. ES MUSS DIE ERD-ANZIEHUNGSKRAFT SEIN!

Anderntags ist ein Einkauf angesagt. Ich kann nicht behaupten, dass dies zu meinen Lieblingsbeschäftigungen gehört. Ich kaufe meist zuviel ein und einige Dinge gehen mir ganz schön auf den Geist. Dazu gehört die Suche nach einer Waage für meine soeben erstandenen Bananen. Endlich habe ich eine entdeckt und kann loslegen. Ich tippe die Nummer ein – nichts passiert! Auch der zweite Versuch endet gleich. Vielleicht ist ja die Etikettenrolle leer oder ich hab die falsche Nummer. Die Nummer ist richtig, wie ich am Preisschild feststellen kann. Ich finde die nächste Waage und tippe. OHNE ERFOLG!!! Ich überlege gerade, wem ich diese Pannen melden soll. Zum Glück fällt der Blick auf meine linke Hand.

Dort halte ich immer noch krampfhaft meine Bananen!! Vielleicht würde es helfen, die Ware auf die Waage zu legen.

Diese Spiegelung an einem Weiher spricht für sich selbst

Wenn einer eine Reise tut

Wenn einer eine Reise tut.... Das kennen wir ja alle und haben es wahrscheinlich schon als Baby auf dem Häfeli gepupst. Wir tun es also (die Reise). Am Zielflughafen warten wir auf unser Gepäck. Das Band läuft und läuft, allerdings LEER. Nach rund 30 Minuten kommt die Durchsage. „Aus betrieblichen Gründen verzögert sich die Gepäckausgabe. Bitte haben Sie Geduld". Nach 1 1/2 Stunden und einem gefühlten Dutzend weiterer Durchsagen kommen zögernd auch die ersten Gepäckstücke. Zum Glück haben wir genug Reserve bei der Weiterreise und unseren Humor noch nicht ganz eingebüsst.

Nach einer Woche Ferien (die sind meistens schön und immer zu kurz) müssen wir den Heimweg antreten. Die Fähre ist pünktlich und wir total gelassen, haben wir doch reservierte Plätze im Zug. Der Zug steht da, die reservierten Wagen nicht. Wir müssen nach ca. 30 Minuten zusätzlich umsteigen und dort wird unser Zug mit den reservierten Plätzen kommen. Zum Glück gibt es eine Wagenstands-Anzeige, an der wir die Position unseres Wagens sehen und uns entsprechend platzieren können. Der Zug hält und wir befinden uns am falschen Ende des Zuges (Die Anzeige war falsch). Mit Gepäck 5 Wagen nach vorne, immer unter den Augen des unruhigen Zugspersonals (die wollen endlich abfahren). An unseren Plätzen angekommen, brauchen wir eigentlich Ferien.

Einige Minuten später eine Durchsage, dass beim nächsten Halt alle aussteigen müssen. Der Zug kann wegen einer Fahrleitungsstörung nicht weiterfahren. Am besagten Bahnhof kommen Busse, die uns an einen anderen Bahnhof bringen. Von dort könnten wir unseren Zielbahnhof erreichen. Rund 500 Leute stürzen in Richtung Busbahnhof, wo gemäss Informationen 8 Busse uns weiterbringen werden.

Am Busbahnhof ist viel los. Linienbusse kommen und gehen. Nach einer Person, welche den Leuten weitere Informationen gibt, sucht man vergebens. Bei jedem neu ankommenden Bus schwappt eine Welle von mit Koffern bewaffneten Reisenden auf selbigen zu. Sekunden später schwappt die Welle zurück, weil dieser Bus nichts mit unserem Transport zu tun hat. Plötzlich (es sind 90 Minuten vergangen) kommt ein Car, der wirklich den Transport übernimmt. Natürlich besteht keine Chance, dort Platz zu finden, wenn der Bus nicht direkt vor uns hält. Nach einer weiteren Stunde kommt der 3. Bus und diesmal hält er fast vor unseren Füssen. Wir schaffen es gerade noch, einen Platz zu ergattern und lassen uns zum angegebenen Bahnhof fahren. Neben mir ein Stapel Koffern und ein Mann mit Rucksack, der mir bei jeder Bewegung ans Gesicht klatscht.

Mit dem Zug und einem weiteren Umsteigen sind wir am Flughafen. Es ist mittlerweile beinahe 21.00 Uhr und unser Flug Richtung Heimat längst in der Luft. Bevor der Schalter zumacht, können wir gerade noch den Flug für den Morgen umbuchen. Eine Hotelübernachtung am Flughafen später und rund 800 Franken ärmer nehmen wir den Weg zurück unter die Flügel.

Wo wir waren? Im Kongo? In einer Bananenrepublik in Südamerika? Irgendwo in Asien? Nein, wir wollten ganz einfach eine ruhige Woche auf einer Nordsee-Insel in Deutschland verbringen.

Einmal klingeln bitte – aber nur mit Regenschirm

Zeitfracht Medien GmbH
Ferdinand-Jühlke-Straße 7
99095 Erfurt, Deutschland
produktsicherheit@kolibri360.de